二十億光年的孤獨

谷川俊太郎

目次

來自遙遠的國度——代序

三好達治

這個年輕人
意外地從遠方來
不知從遙遠的哪裡
他昨天出發
比十年更長
他花一天來到這裡
他沒借千里靴
該怎麼丈量他的腳跟走過的路程
以及計算那些日程

但是我想
霜降嚴寒的冬日早晨
他突然滿面笑容
帶著給我們的詩篇
有從這個年輕人的筆記本滑落的星星嗎
啊——那個水仙花是……
馨香冷冽微苦
風也搖曳支撐著孤獨
對驕傲謹言慎行
正當此時他獨自到來
一九五一年
在坑坑洞洞的東京
在年輕人的苦痛裡

在悲哀的快活裡
——有時在快活苦惱的嘆息裡
偶爾打噴嚏的這個年輕人
啊——這個年輕人
作為在深冬被長久等待的他
突然從遙遠的國度不期而至

はるかな国から——序にかへて

三好達治

この若者は
意外に遠くからやつてきた
してその遠いどこやらから
彼は昨日発つてきた
十年よりもさらにながい
一日を彼は旅してきた
千里の靴を借りもせず
彼の踵で踏んできた路のりを何ではからう
またその暦を何ではからう

けれども思へ
霜のきびしい冬の朝
突忽と微笑をたたへて
我らに来るものがある
この若者のノートから滑り落ちる星でもあらうか
ああかの水仙花は……
薫りも寒くほろにがく
風にもゆらぐ孤独をささへて
誇りかにつつましく
折から彼はやつてきた
一九五一年
穴ぼこだらけの東京に
若者らしく哀切に

悲哀に於《くさめ》て快活に
――げに快活に思ひあまつた嘆息に
ときに嚔を放つのだこの若者は
ああこの若者は
冬のさなかに永らく待たれたものとして
突忽とはるかな国からやつてきた

生長

三歲
於我沒有過去
五歲
我的過去到昨天為止
七歲
我的過去到髮髻為止

十一歲
我的過去到恐龍為止
十四歲
我的過去如教科書所寫
十六歲
我誠惶誠恐凝視過去的無限
十八歲
我對時間一無所知

生長

三才
私に過去はなかった
五才
私の過去は昨日まで
七才
私の過去はちょんまげまで

十一才
私の過去は恐竜まで
十四才
私の過去は教科書どおり
十六才
私は過去の無限をこわごわみつめ
十八才
私は時の何かを知らない

我

我的生命
是一冊筆記本
一冊價格不定的筆記本
（與來自無機物的連續
以及宇宙大的空白）

我的學習
填滿筆記本
填滿漂亮而又認真的筆記本
（與沒有寫滿的整理癖

以及歪歪扭扭的筆跡）

我的時尚
是筆記本的裝幀
個人喜好明亮的筆記本裝幀
（與稚氣的笨拙
以及容易弄髒的顏料）

嗯哼　我正走著
夾著筆記本　在二十世紀的原始時代
小碎步　輕快的步伐走著
一邊靦腆地　走著

わたくしは

わたくしの生命は
一冊のノート
価格不定の一冊のノート
（無機物からの連続と
宇宙大の空白と）

わたくしの勉強は
ノートへのかきこみ
美しく熱心なノートへのかきこみ
（充たされぬ整理癖と

くずれがちな筆蹟と）

わたくしのおしゃれは
ノートの装幀
趣味よく明るいノートの装幀
（稚い不器用と
よごれがちな絵具の色と）

えへん　わたくしはあるいている
ノートをかかえ　二十世紀の原始時代を
とことこ　てくてく　あるいている
はにかみながら　あるいている

關於命運

月台上排著隊
小學生們
小學生們
小學生們
小學生們
嘰嘰喳喳　吵吵鬧鬧　吃吃喝喝

〈多可愛啊〉
〈想起來啦〉
月台上排著隊

大人們
大人們
大人們
大人們
一邊看著　聊個沒完　念念不忘
〈僅僅五十年和五億平方公里呀〉
〈想起來啦〉
月台上排著隊
天使們
天使們
天使們
天使們
默默不語　凝視著
默默不語　閃耀著

運命について

プラットフォームに並んでいる
小学生たち
小学生たち
小学生たち
喋りながら　ふざけながら　食べながら

〈かわいいね〉
〈思い出すね〉
プラットフォームに並んでいる

おとなたち
おとなたち
おとなたち
おとなたち
見ながら　喋りながら　懐しがりながら

〈たった五十年と五億平方粁さ〉
〈思い出すね〉
プラットフォームに並んでいる
天使たち
天使たち
天使たち
天使たち
だまって　みつめながら
だまって　輝きながら

世代

——感覺自己正在寫詩

漢字默不作聲
片假名卻不沉默
片假名幼稚而快活地叫喊
阿加散多奈八末也良和 1

漢字默不作聲
平假名卻不沉默
平假名文雅地低聲細語
以呂波仁保部止知利奴留遠 2

——在此我放棄寫詩的念頭
想寫一篇長篇大論
「存在字裡行間的時代問題」
「cún zài zì lǐ háng jiān de shí dài wèn tí」
「ㄘㄨㄣˊ ㄗㄞˋ ㄗˋ ㄌㄧˇ ㄏㄤˊ ㄐㄧㄢ ˙ㄉㄜ ㄕˊ ㄉㄞˋ ㄨㄣˋ ㄊㄧˊ」[3]

編按
1 五十音表中的片假名首字以漢字表記。
2 出自「以呂波歌」的漢字表記。
3 原作的後三句分別為漢字、片假名和平假名表記，意思相同。

世代 ——詩をかいていて僕は感じた

漢字はだまっている
カタカナはだまっていない
カタカナは幼く明るく叫びをあげる
アカサタナ　ハマヤラワ

漢字はだまっている
ひらがなはだまっていない
ひらがなはしとやかに囁きかける
いろはにほへとちりぬるを

——そこで僕は詩作をあきらめ
大論文を書こうと思う

「字ニ於ケル世代之問題」
「ジニオケルセダイノモンダイ」
「じにおけるせだいのもんだい」

大志

挑放了三張唱片
我支配時間
從終章到最緩版
我有時逆行
這一次從第三面的途中開始
我還控制 B・B・C
少年啊　要胸懷大志

大志

レコードを三枚とばし
僕は時を支配する

フィナーレからラールゴへ
僕は時に逆行する

今度は第三面の途中から
僕はＢ・Ｂ・Ｃも支配する

少年よ　大志を抱け

畫

好像無法渡過的河對面
有好像無法攀越的山
山的對面好像有大海
海的對面好像有城鎮
雲變得黯淡——
空想是罪過嗎

在白色的畫框中
有這樣的畫

絵

わたれぬような河のむこうに
のぼれぬような山があった

山のむこうは海のような
海のむこうは街のような

雲はくらく——
空想が罪だろうか

白いがくぶちの中に
そんな絵がある

毛毛雨

黑人歌手在安可曲時
唱了一首黑人聖歌
（我對主持人那冷漠的語調很在意）

黑人作曲家在舞台上
在眾人注目中打招呼
（我擔心拍手的不夠熱烈）

加州洛杉磯雖說是美麗的夏日星空，今夜的東京卻靜靜地不斷下著霧一樣的毛毛雨。

霧雨

黒人歌手はアンコールに
黒人霊歌を唱った
（私はアナウンサアの冷い口調が気にかかる）

黒人作曲家はステエジで
ライトを浴びて挨拶する
（私は拍手の量を気に病んだ）

ロサソジェルス・キャリフォーニアは美しい夏の星空だというが、今夜、東京には細かい霧のような雨がひっそりと降り続いている。

春天

在可愛的郊外電車沿線
有一幢幢樂陶陶的白房子
有一條誘人散步的小路

無人乘坐　也無人下車
田間的小站
在可愛的郊外電車沿線
然而
我還看見了養老院的煙囪

多雲的三月天空下
電車放慢了速度
我讓瞬間的宿命論
換上梅花的馨香

在可愛的郊外電車沿線
除了春天禁止入內

春

かわいらしい郊外電車の沿線には
楽しげに白い家々があった
散歩を誘う小径があった

降りもしない　乗りもしない
畠の中の駅
かわいらしい郊外電車の沿線には
しかし
養老院の煙突もみえた

雲の多い三月の空の下
電車は速力をおとす
一瞬の運命論を
僕は梅の匂いにおきかえた

かわいらしい郊外電車の沿線では
春以外は立入禁止である

路面車站

圍著環形交叉轉過來
自行車
拖車
吉普車

圍著環形交叉轉過去
五〇年代的斯圖貝克
（對未來令人興奮的提案）

圍著環形交叉轉過去
三〇年代的道奇卡車
（近代科學的排泄物）

圍著環形交叉轉過來
卡車
貨車
摩托車
最後
就是我的銀色公共汽車

停留所で

ロオタリイをまわってくる
自転車が
牽引車が
ジープが

ロオタリイをまわってゆく
五十年型ステュードベーカアが
（未来に対する潑剌たる提案）

ロオタリイをまわってゆく
三十年型ダッジトラックが
（近代科学の排泄物）

ロオタリイをまわってくる
トラックが
荷車が
オートバイが
そうして
やっと僕の銀バスが

祈禱

一個巨大的主張
從無限時間突出的一端開始
現仍在持續
我們提出了無數建議
朝著這樣的主張
（啊　太傲慢了　人類　太傲慢了）

正是為了闡明主張
我們不是已經學習了嗎
正是為了主張的歡喜

我們不是已做了很多工作嗎

在我稚嫩的心裡
（壞掉的複雜機器的一根釘子）
現在只能相信祈禱
（從宇宙中的無限小
到宇宙中的無限大）

為了使人們的祈禱更加有力
為了讓人們深深地感受到地球的孤寂
我在睡前祈禱

（可是所有的一切都是地球上的一個點
大家都是人類中的一員）

我忍耐著孤單祈禱

一個巨大的主張
從無限時間突出的一端開始
現仍在持續
而且
一個小小的祈禱
在黑暗巨大的時光中
雖微弱卻彷彿繼續熾燃
此刻　擎起火焰

祈り

一つの大きな主張が
無限の時の突端に始まり
今もそれが続いているのに
僕等は無数の提案をもって
その主張にむかおうとする
（ああ　傲慢すぎる　ホモ・サピエンス　傲慢すぎる）

主張の解明のためにこそ
僕等は学んできたのではなかったのか
主張の歓喜のためにこそ

僕等は営んできたのではなかったのか

稚い僕の心に
（こわれかけた複雑な機械の鋲《びょう》の一つ）
今は祈りのみが信じられる
（宇宙の中の無限小から
宇宙の中の無限大への）

人々の祈りの部分がもっとつよくあるように
人々が地球のさびしさをもっとひしひし感じるように
ねむりのまえに僕は祈ろう

（ところはすべて地球上の一点だし
みんなはすべて人間のひとり）

さびしさをたえて僕は祈ろう

一つの大きな主張が
無限の時の突端に始まり
今もなお続いている
そして
一つの小さな祈りは
暗くて巨きな時の中に
かすかながらもしっかり燃え続けようと
今　炎をあげる

悲傷

在聽得見藍天的濤聲的地方
我似乎失落了
某個意想不到的東西

在透明的昔日車站
站到遺失物品認領處前
我竟格外悲傷

かなしみ

あの青い空の波の音が聞えるあたりに
何かとんでもないおとし物を
僕はしてきてしまったらしい

透明な過去の駅で
遺失物係の前に立ったら
僕は余計に悲しくなってしまった

飛機雲

飛機雲
在一絲不亂的憧憬裡
是孩子竭盡全力的凱歌

飛機雲
是藝術
描繪在無限的畫布上
是短暫的一段讚美歌
（這個瞬間　天空是何等的深廣）

飛機雲
還有——
春之天空

飛行機雲

飛行機雲
みたされぬあこがれに
せい一杯な子供の凱歌

飛行機雲
それは芸術
無限のキャンバスに描く
はかない讃美歌の一節
（この瞬間　何という空の深さ）

飛行機雲
そして――
春の空

地球在惡劣天氣之日

地球在惡劣天氣之日
我想要對著火星呼喚

這裡多雲
氣壓也很低
強風不斷
喂！
你那邊如何

月在觀望

作為完全冷靜的第三者
太多星星的注視很痛
依然年幼的地球的孩子們啊

地球在惡劣天氣之日
火星的紅溫暖無比

地球があんまり荒れる日には

地球があんまり荒れる日には
僕は火星に呼びかけたくなる

こっちは曇で
気圧も低く
風は強くなるばかり
おおい！
そっちはどうだあ

月がみている

全く冷静な第三者として
沢山の星の注視が痛い
まだまだ幼い地球の子等よ

地球があんまり荒れる日には
火星の赤さが温いのだ

西元一九五〇年　三月

就像打鼓似的
在不安的桌子旁
將早報塞進煙斗
（那完全是苦澀的煙）
那麼想一想早餐
吃嘲笑吧
吃祈禱吧

我
是怯懦的虛無存在

地球
是矮小的龐大
於是
歷史繼續著無雷達的
波狀飛行

西暦一九五〇年　三月

まるでドラムすり打ちの
不安のテエブルで
朝刊をパイプにつめ
（それは全く苦い煙）
さて朝食には
嘲笑を食おうか
祈りを食おうか
と考える

僕
卑怯なる無存在

地球
矮小なる厖大

そして
歴史がレエダアもなしに
波状飛行を続けている

相信警告之歌

從遠天降下來
相信宛如宇宙線的奔流似的
警告吧

被刺
被加深
我謙虛地
手持鏡子

「這個警告
是降下了木星的雷電電壓」
這就是我的宗教

現在木星之鷹不是
正飛往那片藍天嗎

警告を信ずるうた

深い天から降ってくる
宇宙線の奔流のような
警告を信じよう

刺されて
深められ
僕は謙虚に
鏡を手にする

「この警告は
ジュピターの雷電の電圧降下したやつだ」
これが僕の宗教である
今しもあの青空を
ジュピターの鷲が翔けてゆくではないか

一把洋傘

從一把破爛的洋傘
我嗅出了一段歷史
嗅出後不得不吃下
那種辛辣
不由得讓我流淚

雖是一把破爛的洋傘
但它骨架俱全
而且仍能防雨
直到　它破爛得被付之一炬

一本のこうもり傘

ぼろぼろの一本のこうもり傘から
僕はひとつの歴史を嗅ぎ出した
嗅いだからには食べねばならぬ
その辛《から》さに
僕は思わず涙を流した

ぼろぼろの一本のこうもり傘は
それでも骨をもっている
それでも雨を防ぐのである
こわれ果て　燃しつくされてしまうまで

在電車上的樸素演說——反正紅燈一直亮著

在乾淨明亮的電車裡
大家果然以同樣的目的
無意中乘上同一輛電車
在這乾淨而又快樂的電車裡
只要能坐上
就是幸福的
想要讓車內更舒適
雖說這是小小的願望　大家的努力
不是也有必要嗎
（不知道終點　不知道起點

期盼陌生未來的沿線）
各式各樣的行李重重地壓在肩膀
電車雖然有時也會搖晃
我真的相信
大家都是旅伴
但　只有這條路線幸福
如果大家都這樣想
這麼龐大而又沈重的電車
也正如大家所期望的
會開往風景漸漸明亮的方向
禁止　吸煙
不准　吐痰
即使不這樣寫美麗的心也會遵守

那麼緊緊抓著一個吊環
在大家的心裡
不是想要關掉紅燈嗎

——紅燈一直亮著
　因為聽說　斜坡也很險峻
　啊　我難道只會這樣的演說嗎

大家無論如何
都想把電車駛往風光明媚的方向
弄髒破壞
如此乾淨又愉快的電車
讓它在黑暗的隧道中故障
令人無法忍受

——大家的電車
大家的同一輛電車
啊　毫無準備
至少要祈禱……

電車での素朴な演説——なにしろ赤信号はつきっ放しなのです

このきれいで明るい電車に
みんなやっぱりおんなじ目的で
乗りあわせたのだし
こんなきれいで楽しい電車に
乗れるだけでも
幸せなのだから
電車をもっとよくしようと
ささやかなのでも　みんなの努力が
必要なのではないでしょうか
（終点も知らず　始点も知らず

見知らぬ未来の沿線を望み）
いろいろの荷物は肩に重く
電車も時々ゆれもしますが
みんなおんなじ道連れなのだと
只　この線路のみが幸福なのだと
みんなが思えば
こんな大きく重い電車も
みんなの思いで
だんだん明るい風景の方へ
運転出来ると僕はほんとに信じています
ノオ　スモオキング
ノオ　スピッティング
書かれなくても美しいこころは守れる筈です

さあしっかりひとつの吊革をつかみ
みんなのこころで赤信号を
消そうではありませんか

——赤信号はつきっ放し
勾配もけわしい　というのに
ああ　僕にはこんな演説だけしか出来ないのか

どうにかみんなで
明るい風景の方へ運転したい
こんなきれいで楽しい電車を
汚なく傷つけ
暗いトンネルの中で故障させるなんて
僕には全く堪えられません

——みんなの電車
みんなのおんなじ一つの電車
ああ　予備もない

せめて祈りを……

桌上即興

筆記本
是一無所有我的進行式
但確實地行進

字典
我把世界放在手上稱量
裡面填滿愚蠢的人類

墨水瓶
努力不被沾染上
不過沒有它卻無法寫詩

筆

從羽毛到銳利的金屬
但不是從質樸到墮落

觀覽席

照亮全部
人類睿智的容貌

風信子的花

沒有思想
但卻有感情

鐘錶

在此看出一種意志
是朝向莊嚴思索的啟示

机上即興

ノオト
まずしい僕の進行形
しかし着々と行進する

辞書
僕は世界を手に量る
つめこまれてる愚かな人類

インク壺
そまらぬように努力をするが
これがなくては詩も書けぬ

ペン
羽毛《はね》から鋭い鋼鉄へ
しかし素朴から堕落へではなく

スタンド
すべてを照らせ
人類の叡智のルックス

ヒヤシンスの花
思想はない
しかし感情がある

時計
ここにひとつの意志をみる
おごそかな思索への啓示

鄉愁

那些花瓣
從海岸大廈八樓的窗口
以最輕的琶音向我飄散而來

開始滑行的色彩鮮豔新型車
J・P・沙特的存在主義
以及一杯起泡的冰淇淋汽水等——
這一切都在下沉
只是正因為澄明的秋天高原
隱約地抒情我

離雲咫尺的街道——
午後的大海
是轉瞬間一張圖畫明信片

郷愁

その花片は
海岸のビルの八階あたりの窓から
ピアニシモのアルペジオで僕に散りかかってきた

すべり出す明るい色の新型車
J・P・サルトルの実存主義
そして泡立つ一杯のアイスクリイム・ソオダなど——
それらのすべては沈んでゆき
ただそれこそ澄明な秋の高原だけが
ひそかに僕を抒情した

雲に近い街——
午後の海は
たちまち一枚の絵葉書である

習題

若閉上眼
就能看見神

若半睜著眼
神就不見了蹤影

清楚地睜著眼
是否能看見神
就是習題

宿題

目をつぶっていると
神様が見えた

うす目をあいたら
神様は見えなくなった

はっきりと目をあいて
神様は見えるか見えないか
それが宿題

周圍

昨日深處的十億年
明日深處的十億年

仙女座星雲和獵戶座星雲
關於地球事務性的對話

桌子下的風信子
和巧克力點心

充其量只不過擁有無限的體積
人類的頭腦
是因為
感情的價值

周囲

昨日の奥の十億年
明日の奥の十億年

アンドロメダ星雲とオリオン星雲との
地球に関する事務的な会話

机の下のヒヤシンスと
おやつのチョコレェト

せいぜい無限ほどの体積しかもたない
人間の頭脳
しかるが故の
感情の価値

夜晚

夜晚
在一個小時前死去的老好人
坐上特別派遣的兩輪馬車
上升到副平流層之處

夜晚
一個小時後出生的孩子
跨坐在白鸛上
降落在副平流層之處

在奧林帕斯山
克洛索　拉赫西斯　阿特洛泊斯　三位女神
邊喝咖啡
邊透過電視觀看著

在東京
一位詩人
邊祈禱
邊看了
星空的帷幕

夜

夜
一時間ほど前に死んだ老いた善人が
特派の二輪車《チャリオット》に乗って
亜成層圏のあたりを上昇している

夜
一時間ほど後に生まれる子供が
こうのとりにまたがって
亜成層圏のあたりを降下している

オリムポスでは
ミス・クロソー　ミス・ラキシス　ミス・アトロポス　の三人が
コオヒイを飲みながら
テレヴィジョンでそれをみている

トウキョウでは
ひとりの詩人が
お祈りをしながら
星空のスクリーンに
それをみた

春天

越過花朵
是白色的雲
越過雲朵
是深邃的天空

越過花朵
越過雲朵
越過天空
我可以一直上升

在春天的某一刻
我跟神
悄悄地交談過

はる

はなをこえて
しろいくもが
くもをこえて
ふかいそらが

はなをこえ
くもをこえ
そらをこえ
わたしはいつまでものぼってゆける

はるのひととき
わたしはかみさまと
しずかなはなしをした

和音

三家東京廣播
都是靜靜的　男低音

一個是說教
一個是尋人
一個是天氣預報

不可思議的三種聲音
都令人覺得彷彿構成了巨大的空間

時間也被描繪的世界地圖
晃蕩著
滲透我的皮膚……

來自雲的和音
整齊有序　讓人感到無色的和音

和音

東京放送は三つとも
静かな　低い男の声だった

ひとつは説教
ひとつは尋ね人
ひとつは天気予報

不思議に三つの声は
ある大きな空間を構成しているように思えた

時間も描かれた世界地図が
ゆれながら
僕の皮膚に滲透し……

雲から和音が
整った　無色の和音が感じられた

灰色的舞台

早晨的街道雲量約九[1]
把城市遺忘在惡夢中

霓虹燈被夜雨漂白

這個街道的歷史
這個街道的地理
只佔百科辭典的三四行
枯燥的腳步聲一點也聽不見

機率變成零的寒暄機會

在沒拿地圖的不安中
突然坦率地
在紙板上畫出行道樹

灰色的舞台　藍色的童話

早晨的街道濕度約九十
然後果然像無機物一樣……
我加快了腳步

編按　1　雲量紀錄的數值。0為無雲，國際氣象雲量紀錄分九個階段，八為陰天；日本則為十二個階段，九為陰天。

灰色の舞台

早朝の街は雲量約九
都市を悪夢の中に忘れてきた

ネオンは夜の雨で漂白され

この街の歴史
この街の地理は
全く百科辞典の三四行で
乾いた足音ひとつ聞えない

確率零なる挨拶の機会

地図をもたぬ不安に
ふと素直になりながら
ボール紙で街路樹をつくる

灰色の舞台　青い童話

早朝の街は湿度約九十
そしてやはり無機物のような……
僕は足を速める

博物館

石斧之類
在玻璃對面寂靜無聲
星座三番兩次地旋轉
無數的我們消滅
無數的我們出現

而後
慧星不斷像是要撞在一起
很多盤子被打碎

愛斯基摩犬走動於南極之上
高大的墳墓被修建在東西方
詩集也被奉上多次
最近
有時摧毀原子
有時總統的女兒唱歌
那些種種事情
從那時就有

石斧之類
在玻璃對面無聊地寂靜無聲

博物館

石斧など
ガラスのむこうにひっそりして

星座は何度も廻り
たくさんのわれわれは消滅し
たくさんのわれゎれは発生し

そして
彗星が何度かぶつかりそうになり
たくさんのお皿などが割られ

南極の上をエスキモー犬が歩き
大きな墳墓は東西で造られ
詩集が何回も捧げられ
最近では
原子をぶっこわしたり
大統領のお嬢さんが歌をうたったり
そんないろいろのことが
あれからあった

石斧など
ガラスのむこうに馬鹿にひっそりして

二十億光年的孤獨

人類在小小的球體上
睡覺起床然後工作
有時很想擁有火星上的朋友

火星人在小小的球體上
做些什麼　我不知道
（或許囉哩哩　起嚕嚕　哈啦啦著嗎）[1]
但有時也很想擁有地球上的朋友
那可是千真萬確的事

萬有引力
是相互吸引孤獨的力

宇宙正在傾斜
所以大家渴望相識

宇宙漸漸膨脹
所以大家感到不安

向著二十億光年的孤獨
我情不自禁地打了個噴嚏

譯註 1 詩人想像的火星人語言。意為：或許睡覺、起床、工作。

二十億光年の孤独

人類は小さな球の上で
眠り起きそして働き
ときどき火星に仲間を欲しがったりする

火星人は小さな球の上で
何をしてるか　僕は知らない
（或はネリリし　キルルし　ハララしているか）
しかしときどき地球に仲間を欲しがったりする
それはまったくたしかなことだ

万有引力とは
ひき合う孤独の力である

宇宙はひずんでいる
それ故みんなはもとめ合う

宇宙はどんどん膨んでゆく
それ故みんなは不安である

二十億光年の孤独に
僕は思わずくしゃみをした

日日

某天我這樣想
難道有不被我舉起的東西嗎

翌日我這樣想
難道有被我舉起的東西嗎

我傾斜地走在
日照短暫的日日

這些溫馨的日日
彷彿以可疑的畏懼心情凝視著
接二連三與我擦肩而過

日日

ある日僕は思った
僕に持ち上げられないものなんてあるだろうか
次の日僕は思った
僕に持ち上げられるものなんてあるだろうか
暮れやすい日日を僕は
傾斜して歩んでいる

これらの親しい日日が
つぎつぎ後へ駈け去るのを
いぶかしいようなおそれの気持でみつめながら

那些說不定都是我的病

我的不健康讓我的銀座趴在二次元的世界裡，我的五月像水族館的藻類因為高不可攀的焦慮而顯得新鮮可口。至少因為每日的陰天而有的救贖。但是那些灰色的濕度完美地控制我的思考。誰坐著掃把奔跑在天花板的木紋，我乘雲窺視宇宙的最深處，或者人生僅僅五十年、或者生病的歌德、或者間冰期、或者幼稚園、或者電影、或者渦狀星雲，還有像荒謬的趣味般、像荒謬的悲傷夜晚般的熱。

蓋希文　對一個天才表現出真正的小調。

歐威爾的《一九八四》——毫無預期的脫離。留下的簽名。現在已經什麼都了解了吧？還是受著多餘的痛苦呢？

還有過去的責任感。確實也是我自己的。
我寫了童話。把三支漂亮顏色的透明塑膠牙刷寫成了童話。

それらがすべて僕の病気かもしれない

僕の不健康は僕の銀座を二次元世界のうちに伏せてしまい、僕の五月は水族館の藻のように手のとどかない焦らだたしさにみずみずしかった。　毎日の曇天のせめてもの救い。　しかしそれら灰色の湿度たちはみごとに僕の思考を支配した。　誰かが帚に乗って天井の木理《もくめ》を走り、　僕は雲に乗って宇宙の最深部をのぞき、　或は人生僅か五十年、　或は病んだゲエテ、　或は間氷河期、　或は幼稚園、　或は映画、　或は渦状星雲、　そしてとてつもなくおもしろいような、　とてつもなくかなしいような夜の熱。

ガーシュイン　ひとつの天才に現れたほんものの短調。

オーウェル「一九八四年」――予期しない離脱。残ったサイレン。今頃はもう何もかも解っているだろうか。それとも余計に苦しんでいるだろうか。

あと古年の責任感。たしかに僕自身の。

僕は童話を書いた。三本の美しい色の透明プラスティック製歯ブラシを童話に書いた。

在五月無知的城市

在這一帶色彩過分的浪費裡
有初夏人類這種分類

快照們流逝
互相把五光十色的風景當作祕密
大家在自己的宇宙打扮時髦
然後大家帶著自己的時間走著
可是這裡的一切都是像制服一樣的二次元

快照們流逝

互相忘卻五光十色的夢
在小小島國的見聞　還有或許會見到的　惡夢　美夢——
我無奈地獨自幻想神話
〈用吸管攪動一杯冰淇淋汽水時國家誕生了
全新的　完全透明的國家誕生了〉

行道樹下的確稍微涼爽
我也終於想起反省
如果夜晚來臨　這一帶也會落下星星
如果夜晚來臨　這一帶也會有祈禱吧

宇宙之中有地球
地球之上有馬路
有不思考的馬路

〈在某個晴天……〉收音機想要握手
〈天很藍　可是……〉我突然開始懷疑

為了來自天上的街頭錄音我準備了很多提問
可是　為了來自地獄的威脅我不拿武器

不久被遺忘的戰禍印象喚來了雲
我在五月無知的馬路上倒車

還在流動著的初夏人類
我在巴士裡厭倦了懶惰
但我卻禮貌地拒絕了論文
還是決心寫天然色的神話

五月の無智な街で

ここいら余りの色彩の浪費に
初夏人類という分類がある

スナップ・ショットたちが流れてゆく
とりどりの風景をおたがい秘密にしながら
みんな自分の宇宙でお洒落している
そしてみんな自分の時を連れ歩いている
しかしここではすべてが制服のように二次元だ

スナップ・ショットたちが流れてゆく

とりどりの夢をおたがい忘れ合いながら
小さな島国のみた　そして又みるかもしれない　悪い夢
良い夢——
仕方なく僕はひとり神話を空想する
〈一杯のクリイム・ソオダをストロウでかき廻して国が出来た
全く新しい　全くすき透った国が出来た〉

並木路はたしかに少し涼しい
僕もやっと反省などいうことを想い出す
夜になればここいらにも星が降る
夜になればここいらにも祈りがあるだろう

宇宙の中に地球がある
地球の上に街路がある
思考のない街路がある

〈ある晴れた日に……〉とラジオが握手をもとめる
〈空は青い　しかし……〉と僕はにわかに疑いだす

天上からの街頭録音のために僕はたくさんの質問を用意している
しかし地獄からの脅迫のために僕は武器をもたぬ

やがて忘れられた戦禍のイメエジが雲をよび
五月の無智な街路に僕はバック・ギアをいれる

まだ流れている初夏人類たち
僕はバスの中で怠惰に飽きた
しかし僕は論文を丁寧に断ってしまう
やっぱり天然色の神話を書こうと決心して

醫院

藍天和太陽被骯髒的甲酚溶解
昏暗的樓道與其說科學不如說正堆積著腐蝕的情感

原色的西裝在X光線前無能為力
就連白衣也不是慰藉

患者們
在有色玻璃實驗管的底部
膽怯地把自己的心關在裡面
白衣醫生們

變成信得過的冷酷機器
操控著信得過的冷酷機器

在各種的餘音裡我聽不見人聲
在此一切都是唯物論

醫院像是沒有祕密的現代都市

病院

青空と太陽とは汚れたクレゾールに溶解され
暗い廊下には科学よりむしろ蝕まれた感情が堆積している

原色のスーツはレントゲンの前に無力である
白衣にさえも慰めはない

患者たちが
色付ガラスの試験管の底に
自分のこころをおずおずと閉じこめると
白い医者たちは

たしかな冷い機械になって
たしかな冷い機械をいじる

いろいろの残響の中に僕は人の声を聞かぬ
ここではすべてが唯物論だ

病院は秘密のない近代都市に似ている

祕密和X光線

X光線氏只是把我翻譯成唯物論
竟然因打算窺視我所有的祕密而呻吟

在小紅燈沒有詩意的黑暗中
X光線氏的熱情變成高壓電的磁力
組成特殊成分的空氣

〈這個右肺很健康……〉
確實使人感受得到白衣人們的交談

也就是通過我的一個體系
因此被表現出我的世界
醫院不存在肉體的祕密
正因此精神越發產生更多的祕密

秘密とレントゲン

レントゲン氏は僕を唯物的に通訳しただけなのに
僕のすべての秘密を覗いたつもりで唸りたてる

赤ランプが詩的でないような暗闇に
レントゲン氏の熱情は高圧電気の磁力となって
ある特殊組成の空気をつくっている

〈ここの右ルンゲはインタクトで……〉
いかにも声を感じさせる白い人達の会話

つまり僕を通過するひとつの体系
それによって表現される僕という世界
病院では肉体の秘密がない
そのため精神はますます多くを秘密にする

梅雨

雨水
將森林和天空和我塗滿
密雲裡
閃著磷光
庭院裡
草莓的紅忍耐著

雲朵
不乘著時間
響聲裡
含有濕度
我和天空和森林
在雨中淋濕

梅雨

雨に
林と空と私が塗りつぶされる
密雲に
燐光がある
庭に
苺の赤が耐えている

時間に
雲が乗らない
物音に
湿度がある
雨に
私と空と林が濡れる

奈郎——給被愛的小狗

奈郎
夏天就要來臨
你的舌頭
你的眼睛
你午間的睡姿
此刻清楚地在我的眼前復活

你只感受過兩個夏天
我已經知曉十八個夏天
且又想起自己還有跟自己無關的各種夏天

拉菲特之家的夏天
淀的夏天
威廉斯堡大橋的夏天
奧蘭的夏天
然後我思考
人到底能感受多少回夏天

奈郎
夏天就要來臨
但這不是你在的夏天
是另外的夏天
是完全不同的夏天

新的夏天來臨
然後我會漸漸知曉很多新的事物
美的事物　醜的事物　彷彿讓我精神振奮
和悲傷的事物
於是我質問
到底是什麼
到底是為什麼
到底該怎麼做

奈郎
你死了
像不讓任何人知道一樣獨自去了遠方
你的聲音
你的觸感

甚至你的心情
此刻清楚地在我的眼前復活

可是奈郎
夏天就要來臨
嶄新而又無限寬廣的夏天就要來臨
而且
我還會走去
迎接新的夏天　迎接秋天　迎接冬天
迎接春　期待更新的夏天
為了知曉一切新的事物
而且
為了回答自己的所有提問

ネロ——愛された小さな犬に

ネロ
もうじき又夏がやってくる
お前の舌
お前の眼
お前の昼寝姿が
今はっきりと僕の前によみがえる

お前はたった二回程夏を知っただけだった
僕はもう十八回の夏を知っている
そして今僕は自分のや又自分のでないいろいろの夏を思い出

している
メゾンラフィットの夏
淀の夏
ウイリアムスバーグ橋の夏
オランの夏
そして僕は考える
人間はいったいもう何回位の夏を知っているのだろうと

ネロ
もうじき又夏がやってくる
しかしそれはお前のいた夏ではない
又別の夏
全く別の夏なのだ

新しい夏がやってくる
そして新しいいろいろのことを僕は知ってゆく
美しいこと　みにくいこと　僕を元気づけてくれるようなこ
と　僕をかなしくするようなこと
そして僕は質問する
いったい何だろう
いったい何故だろう
いつたいどうするべきなのだろうと

ネロ
お前は死んだ
誰にも知れないようにひとりで遠くへ行って
お前の声
お前の感触

お前の気持までもが
今はっきりと僕の前によみがえる

しかしネロ
もうじき又夏がやってくる
新しい無限に広い夏がやってくる
そして
僕はやっぱり歩いてゆくだろう
新しい夏をむかえ　秋をむかえ　冬をむかえ
春をむかえ　更に新しい夏を期待して
すべての新しいことを知るために
そして
すべての僕の質問に自ら答えるために

驟雨之前

從巨大的圓形屋頂下
數億軍隊陸續放出
還差一點的晴朗時間結束

被威脅的怠惰的華爾滋舞

那是惡毒嗎？
不那是軍隊

請看　那個活著的巨大雕像
它在指揮著
我擺著將他們消化殆盡的姿勢
可是
地球開始做逃跑的準備
你　這個充實感真厲害啊

夕立前

大きなドームの下あたりから
数億の軍勢がくり出してきて
今ひとつの晴れた時間が終る

おびやかされた怠惰なワルツ

あれは毒気だろうか
いやあれは軍勢だよ

御覧　あの大きな生きている彫像
あれが指揮してるんだ
僕はそいつらを消化しちまおうと身構える
しかし
地球は逃げ支度を始めている
君　この充実感はすごいなあ

演奏

從那架鋼琴散發出稻草味
那架鋼琴變成打字機
在那架鋼琴裡小河流動
那架鋼琴噴火

那架鋼琴在巨大的白色大廳中
而且巨大的大廳在那架鋼琴中

人在那架鋼琴裡誕生
人在那架鋼琴裡死去

那架鋼琴飛在天空
星雲從那架鋼琴構成
而且
那架鋼琴最後悄悄留下遺言

我與兩千名夥伴一起鼓掌
把拍手的精神寫到了紙上

演奏

そのピアノから藁が匂う
そのピアノがタイプライタアになる
そのピアノには河が流れ
そのピアノは噴火する

そのピアノは白い大きなホオルにある
そして大きなホオルはそのピアノの中にある

そのピアノに人が生まれる
そのピアノに人が死ぬ

そのピアノは空を飛び
そのピアノから星雲が構成される
そして
そのピアノは最後に静かな遺言をのこした

僕は二千人の仲間と共に拍手をし
その拍手の精気を紙に記した

手術刀

！

瞬間世界收縮進錐子
我稀薄的形而上學飛濺而過

形容充滿
思考蒸發
時間減速
抽象躲避
忘卻被忘卻

在連續無光的閃爍中
在無聲的大鼓的強音中
愛情及其他
被唯物論貫穿
還原成蛋白分子

把白色床鋪和毛細血管作為出發點
我恢復了平時的座標
而且立刻讓我苦惱的　那是
關於生命費解的爭辯

メス

！

瞬間世界は錐に収斂し
僕は稀薄な形而上学をはねとばしていた

形容が充満する
思考が蒸発する
時間が減速する
抽象が避退する
忘却が忘却される

光のない閃光の連続の中で
音のないドラムのフォルテシモの中で
愛情その他は
唯物論に貫かれて
蛋白分子に還元してしまう

白い寝台と毛細管とを出発点として
僕は通常の座標をとり戻した
そして直ちに僕を悩ましたもの　それは
生命に関する難解な議論だった

陰天步行

〈在這一片灰暗的天空
能否與雲交談啊〉

結局是在沒有藍天的天空
不存在稱為解答的東西
在帶有水分的濕熱中
我寧可憧憬十字鎬

〈嗯若是雲最好是小積雲
可是戰爭的記憶還很鮮明哪〉

燒焦的地上長出繁茂的夏草
夏草有一種意志
試著詢問神
你是怎麼看待人類的呢

〈不我沒有絕望喔
只是眷戀著藍天罷了〉

曇り日に歩く

〈こう一面の暗い空では
雲とのお喋りも出来ないなあ〉

結局青空なしの天には
解答と称するものがない
水分つきの暑さに
むしろつるはしを僕は憧憬する

〈うん雲なら小さな積雲がいいんだ
しかし戦争の記憶ってまだ生々しいねえ〉

焼跡には夏草が
夏草には意志があった
人間についてどう思っているか
神様に訊ねてみよう

〈いや絶望はしないよ
僕はただ青空がなつかしいんだ〉

黑暗翅膀

天降落下來
厚厚的帷幕之上有無數星星的跡象
最大的規律
我聽見它在哭泣
月亮被誹謗
雲朵緘默不語

天空和土地的氣息
是我們全部的氣息
可是我們
真的知道自己的處境嗎

天空變得醜陋
樹木和青蛙彷彿憎恨著誰

諸神為人類疲倦
我聽見讓機器取代人類的聲音

時間是玻璃的碎片
而
空間已被喪失

今夜　我帶著黑暗翅膀
為了弄清一切有關本質性的問題

暗い翼

空が降下してくる
厚い幕のむこうに無数の星の気配がする

大きな法則が
泣いているのを僕は聞く

月は誹謗され
雲も話さない

空とそして土の匂い
われわれのすべての匂いだ
しかしわれわれは
果して自分の立場を知っているだろうか

空が醜くなってくる
樹や蛙は誰かを憎んでいるらしい

神々が人間に疲労して
機械に代りをさせているのを僕は聞く

時間はガラスの破片だ
そして
空間はもう失われた

今夜　僕は暗い翼をもつ
すべての本質的な問題について知るために

風

風在吹
那無情的大風在吹
不知何時幼小的雲朵逃跑了
只留下痛苦的追憶

白色的炎暑
靜靜的弦樂
無底的平流層……
我在困難的風土中開始知曉

懷念小小的神話時代已是一種預想
現在
只我孑然一身是正確的

風在吹
那無情的大風在吹
我把一個大海作為目標

風

風が吹き
あのきびしく大きな風が吹き
いつか幼い雲たちは逃げてしまった
ただ苦しいだけの追憶をのこして

白い炎暑
静かな弦楽
底のない成層圏……
困難な風土の中で僕は知り始めている

もう小さな神話の時代をなつかしむのはよそう
今は
僕がひとりであるということだけが正しい

風が吹き
あのきびしく大きな風が吹き
僕はひとつの海を目指している

現代的點心時間

在嘆息和怒吼中
神缺席
新型汽車輾過他

在金屬和會議中
打字機在打著打字員
法律製作著黑色殘缺雕像
豐富的紙幣使喚著奴隸
因此
人不得不憧憬狼

我們時刻都在大量生產著懸崖絕壁
接著不得不投入到空間和時間的試作

這個飲料是傳說故事
這個脆餅是小麥色的牧場
那雲朵是古典賦格
至少要把吃點心的時間當做夢想

現代のお三時

溜息と怒号の中で
神様は欠席である
新型自動車が彼を轢いた

金属と会議の中で
タイプライタアはタイピストを打っている
法律は黒いトルソオをつくる
紙幣は富んで奴隷を使う
かるが故に
人間は狼にあこがれざるを得ない

僕等は刻々に絶壁を大量製産している
次には空間と時間の試作にかからねばならない

この飲みものはお伽話
このクラッカアは小麦色の牧場
あの雲は古風なフーガ
せめてお三時を夢にしよう

山莊通信 1

世界
在大量生產著烏雲
我們不得不繼續奔跑

可是
來到高原
我的電波逐漸減弱
繼續奔跑的必要在哪兒存在過嗎
我與像牧場一樣年輕的地球
進行了廣泛討論

來到高原
世界缺席
可是
我的皮膚呼吸著
一天天變暖的山巒

（在萱草和薊花之間
在散布著關於永遠的小論文的同時
現在太陽已西沉）

山荘だより 1

世界では
暗い雲が大量製産され
僕等は駈け続けねばならなかった

しかし
高原へ来て
僕の電波は減衰した
駈け続ける必要が最早どこにあったろうか
牧場のように若い地球と
僕ははるかな討論をした

高原へ来て
世界を欠席してしまった
しかし
日毎に暖くなる山山を
僕は皮膚呼吸している

（永遠についてという小さな論文を
ゆうすげやあざみの間に撒き散らしながら
今太陽が沈んでゆきます）

山莊通信 2

正午是長調的風和蜻蜓
黃昏是小調的噴煙
記憶乘著氣息歸來
在神精緻的記錄和預言裡
我情不自禁地閉上了眼

在被牢記黑暗的歷史裡
白樺樹的紋理鮮明
在山巒和花朵的世界觀裡
我祈願著所有的過濾

醜陋的最終是誰
矮小的最終是誰
可是
在像遙遠山脈壯大的感傷中
我忘記一切
忘記……一切

山荘だより 2

午頃は長調の風ととんぼ
夕暮は短調の噴煙
記憶は匂いにのってかえって来
神の精緻な記録と予言に
僕は思わず目を閉じた

刻まれた暗い歴史に
白樺の肌は深く
山と花との世界観に
僕はすべての濾過を願っている

みにくいのは結局誰か
小さいのは結局誰か
しかし
遠い山脈のような壮大な感傷の中で
僕はすべてを忘れる
すべてを……忘れる

山莊通信 3

落葉松不變的耿直
與白樺的年輕思想
與淺間美麗的任性
還有我的感傷
在那全部的歌聲中跳躍
（那時一場突來的驟雨）

懷念的道路從遙遠的牧場接連著雲
積雨雲內藏著世界
（沒有不變之物

而且
也不存在變化之物）

在消失的影子
和跑過來的童年玩伴裡
也有遠山的背景

是因為堆積和褶曲的壓力所致吧
不知何時時間靜靜地與空間重疊
我現在俯瞰著大海一樣的新次元
（還向輝煌升起的太陽
親切地寒暄）

山荘だより 3

からまつの変らない実直と
しらかばの若い思想と
浅間の美しいわがままと
そしてそれらすべての歌の中を
僕の感傷が跳ねてゆく
(その時突然の驟雨《しゅうう》だ)

なつかしい道は遠く牧場から雲へ続き
積乱雲は世界を内蔵している
(変らないものはなかった

そして
変ってしまったものもなかった）

去ってしまったシルエットにも
駈けてくる幼い友だちにも
遠い山の背景がある

堆積と褶曲の圧力のためだろうか
いつか時間は静かに空間と重なってしまい
僕は今新しい次元を海のように俯瞰している
（また輝き出した太陽に
僕はしたしい挨拶をした）

山莊通信 4

只有小小高原上的電車
載著塵世

從地榆
到共產黨問題
從黃花龍芽
到女權擴張問題
從紫斑風鈴草
到住宅問題
這樣聯想是困難的

因為早晨的白根山
和黃昏的淺間山
介紹的是　宇宙

追記（可是天線不會倒）

山荘だより4

小さな高原電車だけが
浮世をのせてくる

吾亦紅《われもこう》から
共産党問題を
女郎花《おみなえし》から
女権拡張問題を
蛍袋から
住宅問題を
連想しろとてそれは無理だ

朝の白根山や
たそがれの浅間山が
紹介するのは　宇宙なんだから

二伸（しかしアンテナは倒せない）

陶俑

所有的情感和長了青苔的寂靜時間
正在你的腦中沉澱
忍受著眼睛深處的兩千年之重
你的嘴被天大的祕密封緊

你沒有哭　沒有笑　也沒有惱怒
原因是
因為你不斷的哭　笑　還有惱怒著
你沒有思考　也沒有感受

可是
你不斷吸收然後將其永久地沉澱
從地球直接誕生　你是人類以前的人類
正因為缺少神的嘆息
你才能為美麗的樸素和健康而自豪
你才能夠蘊藏起宇宙

埴輪

すべての感情と苔むして静かな時間とが
君の脳に沈殿している
眼の奥にある二千年の重量に耐え
君の口は何か壮大な秘密にひきしめられる

泣くことも　笑うことも　怒ることも君にはない
何故なら
君は常に泣き　笑い　そして怒っているのだから
考えることも　感ずることも君にはない

しかし
君は常に吸収するそしてそれは永久に沈澱するのだ
地球から直接に生まれ　君は人間以前の人間だ
足りなかった神の吐息の故に
君は美しい素朴と健康を誇ることが出来る
君は宇宙を貯えることが出来る

在靜靜的雨夜

我想一直這樣坐著
聽新的驚奇與悲傷沈浸在寂靜中
不相信神卻一邊對神的氣息撒嬌
拾起遙遠國度的林蔭樹葉
沐浴過去與未來的幻燈
相信碧海上柔軟的沙發
然後　比什麼都
無止盡地熱愛自己的同時
想一直這樣默默地坐著

静かな雨の夜に

いつまでもこうして坐って居たい
新しい驚きと悲しみが静かに沈んでゆくのを聞きながら
神を信じないで神のにおいに甘えながら
はるかな国の街路樹の葉を拾ったりしながら
過去と未来の幻燈を浴びながら
青い海の上の柔かなソファを信じながら
そして　なによりも
限りなく自分を愛しながら

いつまでもこうしてひっそり坐って居たい

一九五一年一月

少女

「溫暖的東西讓所有的金屬之死沉澱
花朵與樹木與河流在地圖上變髒
音樂像造反的旗幟一樣中斷
只因神的面孔那枯竭殆盡的源泉
我燒掉了寂靜和珍貴的服裝
之後只剩下丟掉的全部」

博士

「恐怖將我剝開

現實裸體的公道觸及皮膚
高次元墜入器官之中
抽象和情感被拷問
發出燃燒臭味的敘事詩開始翻滾
人類變得永遠不在」

大海
「為了正在下沉的魂靈
我的憐憫變為祈禱
為了正在下沉的愚蠢
我的悲嘆變為憤怒
深深充滿的寂寞
混亂著我的身姿」

乞丐
「回憶使我沉重
可是我不知道應該控訴的對象
能相信的是我的狗和我的木碗
幸福死去
愛情死去
不久我的軀體也死去」

貓
「毛皮縫隙處的不安如硝煙似的布滿污垢
那是使本能消沉
永久的黑暗染了我眼睛的綠
在快要誕生的小孩們的悲嘆裡
向著原始時代的鄉愁
我在夜間不停的哭泣」

少年
「活下去是必要的
相信是必要的
行動是必要的
年輕把我放大
讓你看毫不畏懼的我站在槍口前
讓你看到毫不畏懼喊叫不要這麼做」

原子彈
「只有詛咒在支撐著我
無知和傲慢
將一個法則變成畸形
之後一切都發生裂縫
不久虛無長成蘑菇狀
一瞬間照耀宇宙了吧」

月亮
「美麗的夜晚
使死者的眼睛閃耀
讓我悲傷
我之上沒有他人
可以觸摸我
如果這樣你就會懂得地球的冷漠」

士兵
「我困惑
雖然我有堅強的肌肉和心
錯綜複雜迷惑我
關於進步和死亡我一無所知
但是我知道城鎮愛情雲朵歌聲
我想為它們而活著」

機構
「我不知道
我仍然是人的奴隸
我冷漠　可是
我在等待一位天才
倒不如
相信全人類」

神
「我創造的

一九五一年一月

少女
「暖いものはすべて金属の死を沈み
花と樹と流れが地図の上に汚れる
音楽は半旗のようにとぎれ
そむけた神々の顔の涸れ果てた泉で
私は静かさと尊とさの服を焼く
そのあとすべてを捨てることだけが残る」

博士
「恐怖は私を剥ぐ

現実の裸の公理が肌にふれると
高い次元が器官の中に堕ちてくる
抽象や感情が拷問され
焼ける臭いのする叙事詩がのたうちだして
人間が永久に不在になる」

海

「沈んでいる霊達のために
私の憐憫は祈りにかわってゆく
沈んでいる愚劣のために
私の悲嘆は怒りにかわってゆく
深く湛えていることのさびしさが
私の姿を荒くする」

乞食

「思い出が私を暗くする
しかし訴えるべき相手を私は知らぬ
信じられるのはただ私の犬と私の椀と
幸福が死に
愛が死に
やがて私の骸《むくろ》が死ぬ」

猫

「毛皮を透して不安は硝煙のようにしみ
それが本能を曇らせる
永い闇が私の眼の緑を染めてしまい
生まれようとする仔等の歎きの上で
原始の時代への郷愁に
私は夜中なき続ける」

少年
「生きてゆくことが必要だ
信ずることが必要だ
行動することが必要だ
若さが私を大きくする
銃の前に私はふるえないで立ってみせる
そんなことはやめようとふるえないで叫んでみせる」

原子爆弾
「呪いのみが私を支える
無知と傲慢とが
ひとつの法則を畸型にする
そこからすべてがひびわれてくる
やがて無が蕈《きのこ》の形をして
一瞬宇宙を照らすだろう」

月

「夜を美しくすることが
死者の眼を輝やかせることが
私を悲しませる
私の上には誰もいない
私に触るがいい
そうすれば地球の冷たさも解るだろう」

兵士

「私は困惑する
つよい筋肉とつよい心とをもちながらも
錯雑が私を眩惑する
進歩や死について私は何も知らない
しかし町や愛や雲や歌について私は知っている
それらのために生きていたいと私は思う」

機構
「私は知らぬ
私は未だ人間の奴隷だ
私は冷たい　しかし
私はひとりの天才を待っている
むしろ
すべての人間を信じている」

神
「私は創った

陰天——《凡尼亞舅舅》觀後

有一位在饒舌和眼淚前打盹兒的人。我比誰都想與男傭人交談。因為沉默他成為了英雄。為信賴地球我窺視男傭人的腳下，為相信兩百年後的人類我必須窺視男傭人的眼睛。然後沉默的人啊，也為我驅趕馬車吧。我仍會前往。有幸福嗎？有不幸嗎？全然不知地。幸福一開始有過嗎？不幸一開始有過嗎？連這個都不明白。可是只有眼睛乾澀，睜大著。

陰天。這個天空還會持續吧。還有天空下面的人群。衰老的咳嗽、年輕的叫喊、丟失的眼淚、不知道的笑。愚蠢地，而且也僅僅是為了那個愚蠢。

曇——ワーニャ伯父さんを観て

饒舌と涙との前に居眠りする人があった。誰よりも下男に僕は話かけたかった。黙っていることで彼は英雄になった。地球を信頼するために僕は下男の足の下をのぞき、二百年後の人類を信じるために僕は下男の眼をのぞかねばならなかった。そして黙っている人よ、僕のためにも馬車を廻せ。僕もやはり去って行くだろう。幸福があるだろうか、不幸があるだろうか、それは知らずに。幸福が始めにあったのだろうか、不幸が始めにあったのだろうか、それさえ解らずに。しかし眼だけは乾ききって。大きくみひらいて。

曇。この空が又続くことだろう。そして又この空の下の人人

の群も。老いた咳、若い叫び、失った涙、知らぬ笑。愚かに、
そしてその愚かさのためにのみ。

初夏

瓦
「凍結的聲音
映照著雲開始流淌
越過山巒想唱一首悠長的歌
像木管樂器
人們在街道散播無數祕密的暗號」

牧童
「倦怠的每一天正是我的每一天
等待才是我的工作

猶如恢復期我在季節的床上撒嬌
在人類之外我夢見了自己的墳墓」

夕陽
「曬乾的東西以人的形狀舞動
鳥像沉甸甸的葉片飄揚
小販的藥物沒有售完
我記得一千年前」

擦皮鞋者
「光鮮的椅子和懂事的孩子和冷飲
我隱隱約約地記得在何處」

光

「我來回尋訪無數的星星們
星星們像算式一樣嘟嘟囔囔
不知道什麼也不知道

我在真空裡修築道路
但我也有無法涉足之地
在不知名的空間
我算計著自己的生命
然後感到恐怖」

河流

「又有人死掉了
小時候我學習鹿和杉樹和石灰石
現在我學習人

我的眼淚注入大海
然後白色輪船從海上駛過」

雲雀
「在看不見的馬的遼闊牧場
遠方掛起了紅白色帷幕
那裡有一位祝福雲霧靄靄的天空
和野草的神祕指揮家」

墓
「簡直就是某人的意志的圖案般
骨頭們靜默著怨恨的眼神
在潔白的骨頭之上
散發著靈魂氣息的風吹過

曾經有過的空論
向著滅亡的痛苦追憶
但它們也會喪失
殘留下的東西才是愚蠢的
我對著苔蘚牢騷滿腹

我把手伸向宇宙
我預感自己的一生
我想無止境地回歸
嫩葉的影子在一瞬間晃動」

課長
「綠色的樹陰騎著漂亮的自行車來
藍色平靜的日常性

今天在孩子們的身上也熠熠生輝
宛如沙發似的滿足支撐著我」

病人
「樹木之日　泥土之日　手之日　味道之日
影子之日　天空之日　道路之日　天空之日……」

少年
「永恆對於靈魂該是何等的倦怠啊
而且又是何等的恐怖
行星的某個時期和那小小的幸福
一個大腦和它美麗隨意的形狀
還有
一顆心和它可愛的尺寸

我回答不出它們的豐富
人們一邊懷疑一邊滿足著倒下
智慧存在於每一個瞬間
復返的初夏輪迴而至
我初次遇見夏天」

初夏

瓦

「凍っていた音たちが
雲を映して流れ始める
山山を越えてゆく長い歌を始めようと
木管楽器のような人人が
町に沢山のひそかな合図を撒いてゆく」

牧童

「怠惰な日日こそ僕の日日であった
待つことこそ僕の仕事であった

恢復期のように僕は季節の寝台に甘えていた
人間たちの外に自分の墓を夢みていた」

夕暮
「干されたものは人の形で舞った
鳥は重い葉のように飜《ひるが》えった
行商人の薬は売れ残り
私は一千年前を覚えていた」

靴磨き
「明るい椅子や立派な子供や冷い飲物が
どこかにあると私はぼんやり思っている」

光

「私は沢山の星達を訪ねて廻った
星達は皆数式のように呟いていた
知らない何も知らないと

私は真空に道を築く
しかし私にも行けぬ所がある
名も知らぬ空間で
私は自分の生命を計算する
そして怖れている」

河

「又人が死んだ
幼い時私は鹿や杉や石灰岩を学んだ
今私は人を学ぶ

私の涙は海に注ぐ
そして白い汽船がその上を通ってゆく」

雲雀

「馬も見えぬ広い牧場には
遠く紅白の幔幕《まんまく》がはられ
そこに霞んだ空と草との祝の
ひとりのひそかな指揮者がいる」

墓

「まるで誰かの意志の図案のように
骨たちは皆静かな恨みの眼差だ
白く清潔なそれらの上を
魂の匂う風が吹いてすぎる

かつてあったとの貧しい主張
滅ぶものへの苦しい追憶
しかしそれらもまた失われる
残すことこそ愚かなことだと
私は苔に呟やきかける

私は宇宙に手をのばす
私は一生を予感する
私は限りなく帰ってゆこうとする
一瞬若葉の影がゆれる」

課長
「緑の木蔭が美しい自転車に乗ってくる
青い静かな日常性が

今日も子供等の上に輝く
ソファのように満足が私を支える」

病人
「樹の日　泥の日　手の日　匂の日
影の日　空の日　道の日　空の日……」

少年
「永遠とは魂にとって何という倦怠だろう
そして又何という恐怖であろう
ある遊星の一時期とその小さな幸福
ひとつの脳とその美しい恣意の形
そして
ひとつの心とそのいじらしい大きさ

それらの豊かさに僕には答がない
人人は疑いつつも満足して倒れた
智恵は一瞬一瞬にある
ふたたび初夏は廻ってきて
僕ははじめて初夏に会う」

後記

承蒙三好達治先生的好意，我不知道該怎樣表達內心的感激之情。

這些詩是從一九四九年冬天到一九五一年春天左右的作品中選出。

作品的排列基本上也是按照這個順序。

一九五二年四月　谷川俊太郎

あとがき

三好達治先生に大変な御好意をいただいた。
ありがたいと思う気持をどう表わせばいいかわからない。
一九四九年冬から一九五一年春頃までの作品から選んだ。
排列はほぼつくった順である。

一九五二年四月　谷川俊太郎

譯後記

六十三年前，這本寫於十七至十九歲詩集的出版，成為日本詩歌界一個巨大的「文學事件」，這個事件的鮮活性至今仍沒因時光的流逝而淡出讀者的視野和記憶，讀者的閱讀熱情也沒因時代的變遷而減弱。我對這本幾乎每隔一兩年就會再版或改版的詩集沒有做過具體統計，我想它的銷售冊數應該累積超過數十萬冊。這樣被廣泛、持久閱讀的處女詩集在世界的每一個語言中肯定是不多見的。

時間既是現代詩的經典讀者也是終極讀者，更是公正和無情的裁判。對無論是否存在時代因素或人為的媒體炒作一時成為話題或被閱讀的詩篇心存僥倖都為時過早，孰優孰劣、是曇花一現還是曠日持久，時間最終會蓋棺定論。時間是萬物的主宰者：動物或植物、藝術或文學、有機或無機、天體或大地等等最終都逃不過被時間破壞、腐朽、收回或消滅的宿命。但在人類各行各業中，鳳毛麟角的天才的創造性似乎具有與時間抗衡的力量。

谷川俊太郎就是這樣一位蓋世天才。半個多世紀過去了，不，即使再過一百年或五百年，我們仍有理由相信：時間仍會繼續證明他詩歌文本的普遍性；證明他與生俱來、與眾不同的一流的想像力和感受性、以及一流的語言感覺和他詩藝渾然一體的平衡術；證明這些詩篇具備了穿越時代、時空和時間的力量。

田原

二〇一五年二月二十六日

寫於北京長河灣公寓

二十億光年的孤獨

作者｜谷川俊太郎
譯者｜田原
設計｜賴佳韋
特約編輯｜王筱玲
總編輯｜林明月

發行人｜江明玉
出版、發行｜大鴻藝術股份有限公司　合作社出版
台北市 103 大同區鄭州路 87 號 11 樓之 2
電話：(02) 2559-0510　傳真：(02) 2559-0502
總經銷｜高寶書版集團
台北市 114 內湖區洲子街 88 號 3F
電話：(02) 2799-2788　傳真：(02) 2799-0909

2015 年 12 月初版
2021 年 12 月二版一刷
定價 350 元

二十億光年的孤獨 / 谷川俊太郎著；田原譯.
-- 二版. -- 台北市：大鴻藝術合作社出版，2021.12
256 面；13×18 公分
2021 年版
ISBN 978-986-95958-9-6(平裝)
861.51　110010720

20 億光年の孤独